ro
ro
ro

ro
ro
ro

Amelie Fichte
Volker Sponholz

All die Jahre

Eine Schafsliebe

Rowohlt Taschenbuch Verlag

Originalausgabe
Veröffentlicht im Rowohlt Taschenbuch Verlag,
Reinbek bei Hamburg, Dezember 2007

Umschlaggestaltung any.way, Cathrin Günther
(Illustration: Volker Sponholz)
Satz Dolly PostScript (InDesign)
Gesamtherstellung Clausen & Bosse, Leck
Printed in Germany
ISBN 978 3 499 24640 1

Für Florian, trotzdem.

Lilja und Antoni sitzen beim Frühstück.
Antoni steckt seine Nase in die Zeitung,
und Lilja steckt ihre Nase in die Angelegenheiten
der Nachbarn.
Alles ist wie immer.

Lilja und Antoni sind wahre Glücksschafe.
Sie haben alles, was man zum Leben braucht:
ein tolles Sofa, ein schickes Auto
und eine Menge Freunde.
So ist es schon seit vielen Jahren.

Antoni legt die Zeitung fort,
schiebt den Stuhl zurück
und hustet leise.
«Ich geh mal eben Zigaretten holen»,
sagt er.

Dass er sich das Rauchen nicht endlich abgewöhnen kann,
denkt Lilja. Aber alles Predigen ist ja nutzlos.
Antoni braucht gar nicht hinzusehen, um zu wissen,
was Lilja denkt.
Er kennt ihren krausen Gesichtsausdruck.
So guckt sie schon seit vielen Jahren.

Die Tür fällt hinter Antoni ins Schloss.
Er ist gegangen, ohne sich noch einmal umzudrehen.
Kein Wort hat er gesagt.

Plötzlich erinnert sich Lilja an die vielen Geschichten, die man aus Funk und Fernsehen kennt.
Wenn da einer sagt: «Ich geh mal eben Zigaretten holen», dann bedeutet das, dass er für immer geht.
Ciao. Mach's gut. Arrivederci. Goodbye.

Mit einem Mal klopft Liljas Herz schnell und laut.
Man kann es in der ganzen Wohnung hören.
Kann es sein, dass Antoni sie verlassen hat?
Lilja spürt den Schrecken bis in die Haarspitzen.
Glaubt er am Ende, dass sie ihn nicht mehr liebt?
Oder, schlimmer noch, liebt er sie vielleicht nicht mehr?
Der Gedanke, dass sie einmal ohne Antoni sein könnte,
ist ihr noch nie gekommen.
Lilja und Antoni, Antoni und Lilja.
So ist es doch schon seit vielen Jahren.

Lilja macht den Abwasch.

Zwei Teller.
Zwei Tassen.
Zwei Messer.
Zwei Löffel.

Wenn sie ehrlich ist, muss sie zugeben, dass sie Antoni
schon lange nicht mehr mit diesem verliebten Blick
von früher angesehen hat.
Er weiß doch, dass sie ihn liebt.
Und sie weiß, dass er sie liebt.
Das war doch immer selbstverständlich, denkt Lilja
und merkt plötzlich, dass in der Liebe
gar nichts selbstverständlich ist.

Wie lange ist es her, dass sie sein schwarzes Fell gekrault hat?
Wie lange, dass sie sich im Regen unter einen Schirm gedrängelt und die Nasen aneinander gerieben haben?

Wie lange ist es her, dass er ihr gesagt hat,
sie sei weißer als jede Schäfchenwolke?
Lange ist das her. Sehr, sehr lange.

Lilja macht die Betten. Zwei Decken. Zwei Kissen.
Wir haben fast vergessen, was wir aneinander lieben, denkt Lilja.
Und ihr fallen seine schönen dunklen Augen ein, sein verschmitztes Lächeln und seine albernen Witze.

Wir sehen nur noch, was uns am anderen stört,
denkt Lilja.
Und ihr fällt sein lautes Schnarchen ein,
seine Art, sie nicht ernst zu nehmen,
und sein holpriger Fahrstil.

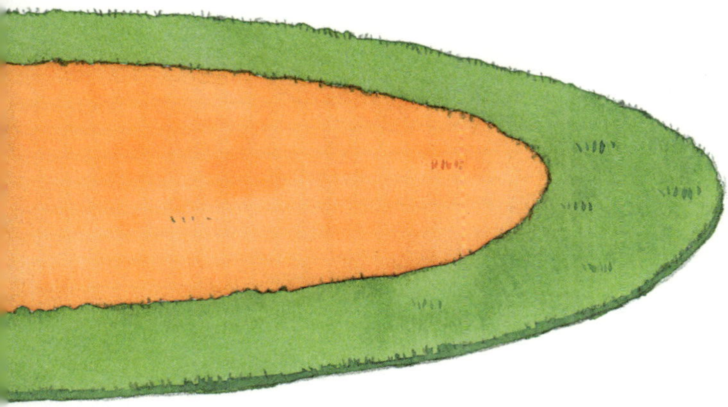

Lilja wird nervös.
Sie lauscht auf Schritte im Treppenhaus.
Nichts.

Sie schaut aus dem Fenster.
Von Antoni keine Spur.
Die Zeit vergeht.
Es ist wie im Fernsehen.
Auch im Radio haben sie es gesagt.
Es muss die Wahrheit sein:
Niemand geht *mal eben* Zigaretten holen!

Antoni hat Lilja verlassen.
Nach so vielen Jahren.

Lilja sitzt auf ihrem tollen Sofa
und kann gar nichts mehr machen.
Sie ist wie gelähmt.
Sie bekommt schreckliche Sehnsucht.

So schlimme Sehnsucht hat sie nie gehabt,
wenn Antoni allein auf Geschäftsreise war.

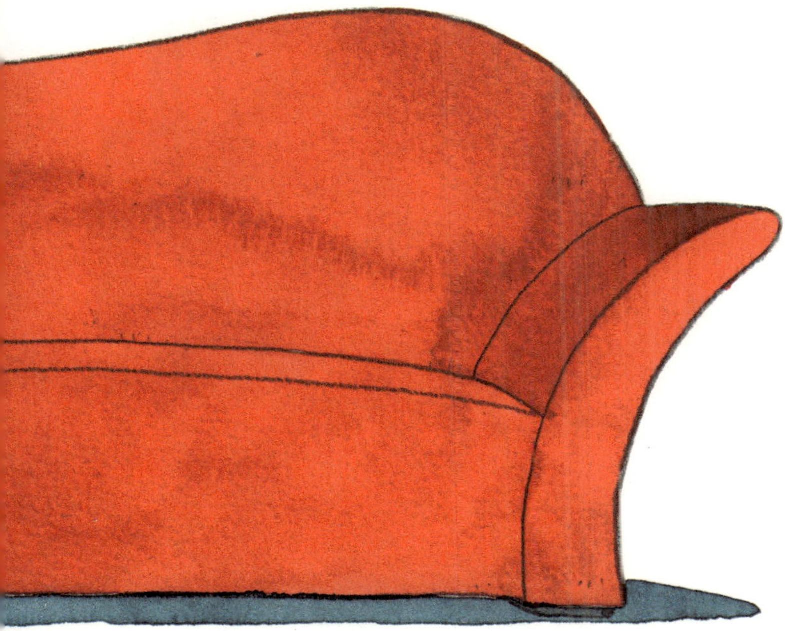

Nie, wenn sie allein mit Susanna auf Urlaub in Portugal war.

Nie, wenn er sonst
Zigaretten holen ging.

Und weil Lilja nicht mehr weiß, wohin mit sich,
ihrer Sehnsucht und ihrem Kummer,
verkriecht sie sich verzweifelt
in ihrem frischgemachten Bett
und zieht sich die Decke über den Kopf.

Sie weint Schafstränen der dicksten Sorte. Was soll das für ein Leben werden? Allein auf dem Sofa, Nächte ohne Schnarchen und immer nur langweilige Autofahrten? Sie kann den Gedanken kaum ertragen.

Im Dunkeln unter der Decke sieht sie es zum ersten Mal klar vor sich: In langen Karawanen sind die Gelegenheiten, ihre Liebe lebendig zu halten, an ihnen vorübergezogen. Und am Horizont verschwunden.

Und jetzt steht sie allein in der Wüste.
Weit und breit nicht mal die Fata Morgana
einer Chance.
Wieso hat sie nicht bemerkt, dass ihrem Leben
die Leidenschaft abhandengekommen ist?
Über alte Socken haben sie manchmal gestritten,
aber über sonst fast nichts.
Über andere Leute haben sie manchmal geredet,
aber nie über sich.
Kein Wunder, dass Antoni fort ist.

Sie schluchzt erbärmlich laut.
Und weil das nicht hilft,
schluchzt sie noch lauter.

So laut, dass sie nicht hört, wie die Tür aufgeht.
Sie hört nicht, dass jemand leise ihren Namen ruft.
Sie merkt nicht, dass jemand schnüffelnd
seine Nase unter die Decke steckt.

Und erst als Antoni sanft fragt:
«Du weinst doch nicht, oder?»,
da hört Lilja endlich auf zu zittern.

Sie schaut in Antonis dunkle Augen,
die schöner sind als je zuvor.

Er lächelt sie an,
so verschmitzt wie noch nie.

Ein großer, großer Stein fällt von Liljas Herz,
und es hüpft vor Freude und Erleichterung.

Lilja seufzt tief.
«Ich habe dich so sehr vermisst», sagt sie.
«Ich dich auch», sagt Antoni.

«All die Jahre»,
denken beide
und reiben ihre Nasen
aneinander.

anne
&
spon
2007

Amelie Fichte wurde 1973 in einem regnerischen Teil Deutschlands geboren, wo es leider nur sehr wenige Schafe gab. Sie hat Literatur studiert und hält sich mit Schreiben und Übersetzen über Wasser. Ihre Liebe zu Schafen entdeckte sie vor vielen Jahren in Mecklenburg, wo sich bis heute die Herde ihres Vertrauens befindet.

Volker Sponholz, geboren 1966 in Hannover, lebt und arbeitet seit 1994 als Zeichner und Autor in Kiel. Er studierte Theaterwissenschaft, Politik und Germanistik sowie freie Kunst. Bekannt wurde er mit Comics über die Fußball-Nationalmannschaft, von denen sechs Bände im Rowohlt Verlag erschienen. In «All die Jahre» widmet er sich erstmals den wolligen Grasfressern.